1

Am zweiten Tag nach Weihnachten sprach ich vormittags bei meinem Freund Sherlock Holmes vor, um ihm meine Glückwünsche zum Fest zu überbringen. Ich traf ihn in einem purpurroten Schlafrock auf dem Sofa liegend an, die lange Pfeife neben sich, ganz begraben unter einem Stoß von Morgenzeitungen. Neben dem Sofa stand ein Holzstuhl, an dessen Lehne ein schäbiger, unappetitlich steifer Filzhut, an mehreren Stellen eingedrückt und längst nicht mehr gebrauchsfähig, aufgehängt war. Ein Vergrößerungsglas und eine Pinzette auf dem Sitz des Stuhles deuteten darauf hin, dass der Hut zum Zweck seiner Untersuchung dort hing.

»Sie sind beschäftigt«, sagte ich. »Störe ich Sie vielleicht?«

»Durchaus nicht. Ich bin froh, mit einem guten Bekannten über die Ergebnisse meiner Untersuchung sprechen zu können. Der Gegenstand ist ein ganz täglicher« – dabei deutete er mit dem Daumen auf den alten Hut –, »aber die weiteren Umstände, die mit demselben im Zusammenhang stehen, sind nicht ganz uninteressant, ja sogar einigermaßen lehrreich.«

Ich setzte mich in seinen Sessel und wärmte mir die Hände an seinem prasselnden Feuer, denn es hatte starker Frost eingesetzt, und die Fenster waren mit einer dicken Eiskruste überzogen.

»Vermutlich«, bemerkte ich, »steckt hinter diesem Ding da, so harmlos es aussieht, irgendeine Mordgeschichte – es ist für Sie der Schlüssel zur Aufdeckung irgendeines Geheimnisses und zur Bestrafung eines Verbrechens.«

»Nein, nein! Kein Verbrechen«, versetzte Holmes lachend, »nur einer jener absonderlichen kleinen Zwischenfälle, wie sie immer vorkommen, wenn sich Millionen menschlicher Wesen auf einer Fläche von wenigen Quadratmeilen drängen. Bei den wechselseitigen Reibungen eines so dicht geballten Menschenschwarms darf man sich auf alle möglichen Verkettungen von Umständen gefasst machen, und so manches kleine Rätsel wird sich dabei auftun, das überraschend und bizarr ist, ohne verbrecherischer Natur zu sein. Wir haben schon mehr dergleichen erlebt.«

»So oft«, bemerkte ich, »dass drei der sechs Fälle, die ich meinen Aufzeichnungen zuletzt hinzugefügt habe, völlig frei von jeder Straftat waren.«

2

Genau. Sie verweisen auf meinen Versuch, die Papiere von Irene Adler zurückzuerlangen, auf den einzigartigen Fall von Ms Mary Sutherland und die Geschichte des Mannes mit der entstellten Lippe. Nun, ich zweifle nicht, dass auch dieser kleine Fall zu dieser unschuldigen Sorte gehören wird. Sie kennen doch Peterson, den Kommissionär?«

»Ja.«

»Ihm gehört diese Trophäe.«

»Es ist sein Hut?«

»Nein, nein, er hat ihn gefunden. Sein Eigentümer ist unbekannt. Ich bitte Sie jetzt, in dem Hut nicht ein altes, schäbiges Stück Filz zu sehen, sondern vielmehr einen Prüfstein für unsern Scharfsinn. Und hören Sie zuerst, wie derselbe hierherkam; er machte seine Aufwartung am Weihnachtsmorgen in Gesellschaft einer guten, fetten Gans, die ohne jeden Zweifel jetzt gerade in Petersens Küche gebraten wird. Die Sache trug sich folgendermaßen zu: Etwa um vier Uhr am Weihnachtsmorgen ging Peterson – wie Sie wissen, ein höchst anständiger Bursche – von einer kleinen Feier nach Hause, wobei ihn sein Weg durch die Tottenham Court Road führte. Vor ihm her ging, wie er beim Schein der Laterne bemerkte, mit etwas schwankenden Schritten ein hochgewachsener Mann, der eine weiße Gans über seiner Schulter trug. An der Ecke der Goodge Street bekam er Streit mit ein paar Straßenjungen. Einer von ihnen schlug ihm den Hut herunter, woraufhin er seinen Stock erhob, um sich zu verteidigen, und dabei schlug er das hinter ihm befindliche Ladenfenster ein. Peterson hatte seinen Schritt beschleunigt, um den Unbekannten gegen seine Angreifer zu beschützen. Dieser ließ jedoch in seinem Schrecken über das zerbrochene Fenster und das eilige Herannahen des beamtenähnlich aussehenden Kommissionärs seine Gans fallen, machte sich auf die Socken und verschwand in dem Gewirr von Gässchen hinter der Tottenham Court Road. Die Straßenjungen ergriffen bei Petersens Anblick ebenfalls die Flucht, sodass er nun Herr des Schlachtfeldes blieb und den zerknüllten Hut sowie die ganz annehmbare Weihnachtsgans als Siegesbeute betrachten durfte.«

»Die er gewiss dem Eigentümer zurückbrachte!«

3

Mein lieber Junge, darin steckt ja eben das Rätsel. Freilich befand sich an dem linken Bein des Tieres eine kleine Karte, auf der die Worte ›Für Mrs Henry Baker‹ geschrieben standen, und desgleichen stehen die Anfangsbuchstaben H. B. innen auf dem Futter dieses Hutes, aber da es in London ein paar Tausend Baker und ein paar Hundert Henry Baker gibt, ist es keine leichte Sache, den Eigentümer der verlorenen Gegenstände ausfindig zu machen.«

»Nun, was tat Peterson also?«

»Er übergab mir beides, Hut und Gans, am Weihnachtsmorgen, da er weiß, dass ich mich auch für den kleinsten rätselhaften Fall interessiere. Die Gans behielt ich bis heute Morgen, als ich bemerkte, dass es trotz des frostigen Wetters geraten sei, sie ohne weiteren Verzug zu verspeisen. Ihr Finder hat sie deshalb mitgenommen, um sie der endgültigen Bestimmung aller Gänse entgegenzuführen, während ich den Hut des unbekannten Herrn, der so um seinen Weihnachtsbraten gekommen ist, noch hier habe.«

»Hat dieser keine Anzeige aufgegeben?«
»Nein.«
»Wie konnten Sie sich denn nun einen Anhaltspunkt für seine Identität verschaffen?«
»Lediglich auf dem Weg der Schlussfolgerung.«
»Aus diesem Hut?«
»Ganz gewiss.«
»Ach, Sie machen Scherze; was können Sie denn aus diesem alten, zerknüllten Stück Filz schließen?«
»Hier ist meine Lupe. Sie wissen ja, wie ich vorgehe. Sehen Sie selbst, was der Hut über die Person seines bisherigen Trägers verrät.«
Ich nahm das alte Ding und drehte es rat- und hilflos in den Händen herum. Es war ein gewöhnlicher schwarzer Hut, von der althergebrachten runden Form, steif und nicht mehr salonfähig. Das Futter war von roter Seide gewesen, hatte jedoch die Farbe verloren. Der Name des Fabrikanten fand sich nicht darin, dagegen waren, wie Holmes bereits bemerkt hatte, die Buchstaben H. B. auf der einen Seite hineingekritzelt. An der Krempe waren Löcher für einen Kinnriemen, das Gummiband fehlte jedoch; im Übrigen war der Hut voller Knicke, äußerst staubig und an mehreren Stellen befleckt.

4

Es war jedoch anscheinend der Versuch unternommen worden, die betreffenden Stellen durch Beschmieren mit Tinte zu verdecken. »Ich vermag nichts zu sehen«, sagte ich, indem ich den Hut meinem Freund zurückgab.

»Im Gegenteil, Watson, Sie können alles Mögliche sehen. Sie versäumen es nur, Ihre Schlüsse aus dem zu ziehen, was Sie sehen. Sie gehen zu zaghaft dabei vor.«

»Dann bitte erzählen Sie, was Sie dem Hut entnehmen können.«

Er nahm denselben vor sich und betrachtete ihn in der ihm eigenen prüfenden Weise. »Er gibt vielleicht nicht so viel Aufschluss, wie er geben könnte«, bemerkte er. »Und doch lassen sich aus dem Hut ein paar Schlüsse mit aller Bestimmtheit und wieder ein paar andere wenigstens mit einem hohen Grad an Wahrscheinlichkeit ableiten. Dass der Mann sehr intelligent ist, drängt sich einem auf den ersten Blick auf, ebenso, dass er im Lauf der letzten drei Jahre in wohlgeordneten Verhältnissen gelebt hat, obwohl nun schlimme Tage über ihn gekommen sind. Er hatte Weitsicht, doch jetzt hat er weit weniger als früher; das weist auf einen moralischen Verfall hin, der, wenn man ihn in Zusammenhang mit der Verschlechterung seiner Vermögensumstände betrachtet, auf irgendeinen schlimmen Einfluss,

wahrscheinlich Alkohol, hinweist. Dies könnte auch die offensichtliche Tatsache erklären, dass seine Frau ihm nicht mehr besonders zugetan ist.«

»Mein lieber Holmes!«

»Trotzdem hat er sich noch ein gewisses Maß an Selbstachtung bewahrt«, fuhr dieser fort, ohne meinen Einwurf zu beachten. »Er ist ein Mann, der ein zurückgezogenes Leben führt, wenig ausgeht, an starke Bewegung gar nicht mehr gewöhnt ist, in mittlerem Alter steht und gräuliche Haare hat, die er erst in den letzten Tagen hat schneiden lassen und die er mit Pomade einfettet. Das sind die Tatsachen, die sich seinem Hut mit ziemlicher Sicherheit entnehmen lassen. Beiläufig bemerkt, ist es außerdem sehr unwahrscheinlich, dass er einen Gasanschluss in seinem Haus hat.«

»Sie machen Scherze, Holmes.«

»Nicht im Mindesten. Ist es möglich, dass Sie jetzt, nachdem ich Ihnen diese Ergebnisse mitgeteilt habe, noch immer nicht sehen, wie ich dazu gelangt bin?«

5

Ich bin ohne Zweifel recht dumm, aber ich muss gestehen, dass ich Ihnen nicht zu folgen vermag. Wie kamen Sie zum Beispiel darauf, dass der Mann sehr intelligent war?«

Als Antwort stülpte Holmes den Hut auf seinen Kopf. Er fiel ihm über die Stirn, sodass er auf der Nasenwurzel saß. »Das ist lediglich eine Frage des Volumens«, versetzte er, »wer einen so mächtigen Schädel besitzt, hat auch in der Regel was Rechtes darin.«

»Nun, dann der Rückgang seines Vermögens?«

»Dieser Hut ist drei Jahre alt. Diese flachen, am Rand aufgebogenen Krempen waren damals modern. Es ist ein Hut allerbester Qualität. Sehen Sie nur das Band aus gerippter Seide und das ausgezeichnete Futter. Wenn dieser Mann vor drei Jahren imstande war, sich einen so teuren Hut anzuschaffen, und seither keinen neuen mehr gehabt hat, so muss es sicherlich mit ihm bergab gegangen sein.«

»Nun, das ist allerdings klar genug. Aber wie steht es damit, dass er früher Weitsicht besessen hat und sich jetzt in moralischem Verfall befindet?«

Holmes lachte. »Seine frühere Fürsorglichkeit und Ordnungsliebe sitzen hier«, erwiderte er, indem er seinen Finger auf die Öse für den Kinnriemen legte.

»Im Laden bekommt man nie einen Kinnriemen mit. Wenn dieser Mann sich also einen solchen anschaffte, so beweist dies einen gewissen Grad an Sorgsamkeit, indem er eine Maßnahme zum Schutz gegen den Wind traf. Aber da wir sehen, dass er sich, nachdem das Gummiband abgerissen war, nicht die Mühe machte, es zu erneuern, ist ganz klar, dass er jetzt nicht mehr so viel auf sich hält, und dies ist ein sicheres Anzeichen für einen schwächelnden Charakter. Er hat sich allerdings andererseits bemüht, einige Flecken auf dem Filz mit Tinte zu verdecken, was darauf hinweist, dass er noch nicht alle Selbstachtung verloren hat.«

»Dagegen lässt sich freilich nichts einwenden.«

»Die weiteren Punkte, nämlich, dass er mittleren Alters ist, gräuliche, frisch geschnittene Haare hat und für diese Pomade benutzt, ergeben sich aus einer genauen Prüfung des unteren Teils des Futters. Unter der Lupe sieht man eine große Anzahl durch die Schere des Barbiers glatt abgeschnittener Haarspitzen, die sämtlich ankleben und deutlich nach Pomade riechen.

6

Dieser Staub ist, wie Sie bemerken werden, nicht der sandige Staub der Straße, sondern der weiche braune Hausstaub, der zeigt, dass der Hut die meiste Zeit zu Hause hing, während die Feuchtigkeitsspuren auf der Innenseite mit Bestimmtheit beweisen, dass sein Träger gewaltig schwitzen musste und deshalb kaum häufiges Gehen gewohnt sein konnte.«

»Aber seine Frau? Sie sagten, sie hat aufgehört, ihn zu lieben.«

»Dieser Hut ist seit Wochen nicht mehr ausgebürstet worden. Sollte ich Ihnen einmal mit dem Staub einer ganzen Woche auf Ihrem Hut begegnen und hätte Sie Ihre Frau in einem solchen Zustand ausgehen lassen, so müsste ich wirklich fürchten, es habe Sie gleichfalls das Unglück getroffen, die Liebe Ihrer Frau zu verlieren.«

»Aber er könnte doch auch Junggeselle sein.«

»Nein, er wollte die Gans seiner Frau als Friedensangebot mit nach Hause bringen. Denken Sie nur an die Karte, die sie an dem einen Bein trug.«

»Sie wissen auf alles eine Antwort, aber wie wollen Sie dem Hut entnehmen, dass Mr Baker keinen Gasanschluss in seinem Haus hat?«

»Ein Wachsfleck oder auch zwei können zufällig entstehen, aber wenn ich deren nicht weniger als fünf wahrnehme, so ist kaum daran zu zweifeln, dass der Mann öfters mit tropfendem Wachs in Berührung gekommen sein muss – er hielt vermutlich, wenn er nachts die Treppe hinaufging, den Hut in der einen Hand und in der andern ein tropfendes Kerzenstümpchen. Jedenfalls bekam er niemals Wachsflecken von einer Glühbirne. Sind Sie nun zufrieden?«

»Nun ja, das ist allerdings höchst scharfsinnig«, erwiderte ich lachend, »aber da, wie Sie eben bemerkt haben, kein Verbrechen vorliegt und außer dem Verlust einer Gans auch kein Schaden entstanden ist, so kommt es mir vor, als sei das alles verschwendete Mühe.«

Holmes hatte eben die Lippen zu einer Erwiderung geöffnet, als die Tür aufgerissen wurde und Peterson, der Kommissionär, mit hochroten Wangen und allen Anzeichen höchster Aufregung hereinstürzte.

»Die Gans, Mr Holmes! Die Gans!«, stotterte er hervor.

»Nun, was ist denn damit? Ist sie wieder lebendig geworden und zum Küchenfenster hinausgeflogen?« Holmes drehte sich auf dem Sofa herum, um dem Mann besser in sein erregtes Gesicht blicken zu können.

7

Sehen Sie hier. Das hat meine Frau in ihrem Kropf gefunden.« Dabei streckte er die Hand aus, auf deren Innenseite ein prächtig funkelnder blauer Stein sichtbar wurde, etwas kleiner als eine Bohne, aber so klar und strahlend, dass er in der dunklen Wölbung seiner Hand blitzte wie ein elektrischer Funke.
Mit einem Ruck richtete sich Holmes auf. »Donnerwetter, Peterson!«, rief er. »Das heißt wahrhaftig einen Schatz finden. Ich denke, Sie wissen doch, was Sie da erwischt haben?«
»Einen Diamanten. Einen kostbaren Stein. Er schneidet Glas, als ob es Kitt wäre.«
»Es ist mehr als ›ein‹ kostbarer Stein. Es ist geradezu der kostbarste Stein.«
»Doch nicht der blaue Karfunkel der Gräfin von Morcar?«, rief ich dazwischen.
»Doch freilich; ich muss ja ganz genau wissen, wie er aussieht, habe ich doch in letzter Zeit Tag für Tag die ihn betreffende Anzeige in der Times gelesen. Er ist einmalig, und sein Wert lässt sich nur vermuten. Aber die Belohnung von tausend Pfund, die auf seine Wiederbeschaffung ausgesetzt ist, stellt sicherlich weniger als ein Zwanzigstel seines Verkaufswertes dar.«

»Tausend Pfund. Großer, gütiger Gott!« Peterson plumpste auf einen Stuhl und starrte uns der Reihe nach an. »Diese Belohnung ist darauf ausgesetzt, und ich habe Grund anzunehmen, dass es dabei einen geheimen romantischen Hintergrund gibt, dem zuliebe die Gräfin für die Wiederbeschaffung des Steins gern ihr halbes Vermögen hingeben würde.«

»Er kam, wenn ich mich recht erinnere, im Hotel Cosmopolitan abhanden«, bemerkte ich.

»Gewiss; am 22. Dezember, genau vor fünf Tagen. Der Klempner John Horner wurde bezichtigt, ihn aus dem Schmuckkästchen der Dame entwendet zu haben.

Die Beweise gegen ihn wogen so schwer, dass der Fall dem Gericht übergeben wurde. Ich glaube, hier steht irgendwo ein Bericht darüber.«

8

Holmes durchstöberte seine Zeitungen, fand tatsächlich den betreffenden Artikel und las ihn vor: »›Juwelendiebstahl im Hotel Cosmopolitan. John Horner, 26 Jahre alt, Klempner, wurde dem Gericht vorgeführt, weil er beschuldigt wird, am 22. den unter dem Namen der blaue Karfunkel bekannten Edelstein aus dem Schmuckkästchen der Gräfin von Morcar entwendet zu haben. James Ryder, erster Hausdiener im Hotel, bezeugte, er habe Horner am Tag des Diebstahls zum Ankleidezimmer der Gräfin hinaufgeschickt, wo er eine Stange des Kaminrostes wieder anbringen sollte, die lose war. Er war kurze Zeit bei Horner geblieben, ist jedoch schließlich fortgerufen worden. Bei seiner Rückkehr fand er Horner nicht mehr vor und entdeckte gleichzeitig, dass der Schreibtisch aufgebrochen worden war und das kleine Maroquinkästchen, worin, wie sich später herausstellte, die Gräfin ihre Juwelen aufzubewahren pflegte, leer auf der Frisierkommode stand. Ryder schlug augenblicklich Alarm, und Horner wurde noch am selben Abend festgenommen, ohne dass jedoch der Stein bei ihm selbst oder in seiner Wohnung gefunden worden wäre. Katharina Cusack, Dienstmädchen der Gräfin, die auf den Schrei hin, den Ryder bei seiner Entdeckung ausstieß, zu diesem ins Zimmer geeilt war, konnte le-

diglich Ryders Angaben über den dort vorgefundenen Zustand bestätigen. Inspektor Bradstreet, Division B, sagte über die Verhaftung Horners aus, dass dieser sich dabei heftig gewehrt und seine Unschuld hoch und heilig versichert habe. Da gegen den Angeklagten eine Vorstrafe wegen Diebstahls vorlag, lehnte der Richter eine genauere Untersuchung ab und verwies an das Schwurgericht. Horner, der schon während der ganzen Verhandlung sehr aufgewühlt wirkte, wurde bei der Schlussverhandlung ohnmächtig, sodass er aus dem Saal getragen werden musste.‹ Hm! So viel zur Gerichtsverhandlung«, fügte Holmes nachdrücklich hinzu, indem er die Zeitung wegschob. »Unsere Aufgabe ist es jetzt, den Faden aufzuspüren, der uns von dem aufgebrochenen Schmuckkästchen, mit dem die Geschichte begann, bis zum Gänsekropf am Schluss führt. Sie sehen, Watson, unsere kleinen Schlussfolgerungen haben mit einem Mal ein weit gewichtigeres und weniger unschuldiges Gesicht bekommen. Der Stein ist hier, der Stein stammt aus der Gans und die Gans von Mr Henry Baker, dem Herrn mit dem schäbigen Hut.

9

So müssen wir denn nun allen Ernstes darangehen, diesen Gentleman und die Rolle, die er in dieser geheimnisvollen Geschichte gespielt hat, zu ermitteln. Dafür müssen wir es zunächst mit dem einfachsten Mittel versuchen, und das wäre zweifellos eine Anzeige in sämtlichen Abendzeitungen. Schlägt dieses fehl, so werde ich zu anderen Mitteln greifen.«

»Wie soll die Anzeige lauten?«

»Geben Sie mir einen Bleistift und diesen Streifen Papier. Also: Gefunden an der Ecke der Goodge Street eine Gans und ein schwarzer Filzhut. Mr Henry Baker kann die Gegenstände heute Abend um halb 7 in 221B Baker Street abholen.«

»Das ist klar und kurz gefasst.«

»Allerdings; aber wird er es auch zu Gesicht bekommen?«

»Nun, sicherlich wird er die Zeitungen mit Aufmerksamkeit verfolgen, denn für einen armen Mann wie ihn ist sein Verlust kein geringer. Offenbar war er durch sein Missgeschick mit dem Fenster so bestürzt, dass er bei Petersons Erscheinen an nichts als Flucht dachte, aber seither hat er ganz gewiss den raschen Entschluss, seine Gans fallen zu lassen, bitter bereut. Dann wird auch die Nennung seines Namens dazu beitragen, dass er es zu Gesicht bekommt, denn jeder, der ihn kennt, wird seine Aufmerksamkeit darauf lenken. Da Sie gerade da sind, Peterson, laufen Sie doch bitte schnell zum Zeitungsbüro und lassen Sie das in die Abendblätter setzen.«

»In welche?«

»Oh, in den Globe, den Star, die Pall Mall, St. James, Evening News, Standard, Echo und sonst noch in einige, die Ihnen gerade einfallen.«

»Sehr wohl, Sir. Und dieser Stein?«

»Ach ja, den will ich bei mir behalten. Danke schön. Und dann, Peterson, bringen Sie mir auf dem Rückweg nur gleich eine Gans mit, wir müssen doch dem Eigentümer eine andere geben als Ersatz für die, die eben bei Ihnen verzehrt wird.« Als Peterson fort war, nahm Holmes den Stein und hielt ihn gegen das Licht. »Ein allerliebstes Ding!«, sagte er. »Sehen Sie nur, wie es blitzt und funkelt, der reinste Anziehungspunkt für ein Verbrechen. So ist es mit allen echten Steinen. Sie sind des Teufels Lieblingsköder. Bei den größeren älteren Steinen steht jede Facette für eine Bluttat.

10

Dieser Stein ist noch keine zwanzig Jahre alt. Er stammt aus den Bänken am Amoy River im Norden Chinas und zeichnet sich dadurch aus, dass er alle Merkmale eines Karfunkels besitzt, außer dass er im Dunkeln einen blauen Schein wirft anstatt eines rubinroten. Trotz seiner Jugend hat er schon eine recht traurige Vergangenheit. Zwei Mordtaten, ein Begießen mit Schwefelsäure, einen Selbstmord und mehrere Diebstähle hat dieses vierzig Gramm schwere Stückchen kristallisierten Kohlenstoffs auf dem Gewissen. Wer sollte in diesem niedlichen Schmuckstück den eifrigsten Werber für Galgen und Zuchthaus vermuten? Ich will den Stein jetzt in meiner Stahlkassette verwahren und der Gräfin mit einer Zeile sagen, dass wir ihn haben.«

»Halten Sie diesen Horner für unschuldig?«

»Das kann ich nicht sagen.«

»Nun, denken Sie dann, dass dieser andere, Henry Baker, hinter dieser Sache steckt?«

»Ich halte es für weitaus wahrscheinlicher, dass Henry Baker ein ganz unschuldiger Mensch ist, der keine

Ahnung davon hat, dass die Gans, die er trug, ein Beträchtliches mehr wert war, als wäre sie aus purem Gold gewesen. Das werde ich übrigens auf ganz einfache Weise feststellen, wenn wir erst eine Antwort auf unsere Anzeige haben.«

»Und bis dahin können Sie nichts tun?«

»Nichts.«

»Nun, dann werde ich jetzt gehen und heute Abend zu der angegebenen Stunde wieder hier sein, denn ich möchte doch gern sehen, wie dieser verwickelte Knoten sich auflöst.«

»Das würde mich sehr freuen. Ich esse um sieben Uhr zu Abend, ich glaube, es gibt Rebhühner. Eigentlich sollte ich, angesichts unserer neuesten Erlebnisse, der Köchin gleich den Auftrag geben, dass sie ihnen vorher die Kröpfe untersucht.«

Ich hatte mich ein wenig verspätet, und es war etwas nach halb sieben, als ich mich wieder in der Baker Street einfand. Als ich auf das Haus zuschritt, sah ich einen großen Mann mit einer karierten Mütze auf dem Kopf und einem bis unters Kinn zugeknöpften Mantel innerhalb des halbkreisförmigen Scheins der Laterne davorstehen und warten. Jetzt wurde gerade die Tür geöffnet, und wir traten beide gleichzeitig in Holmes' Zimmer ein.

11

»Mr Henry Baker vermutlich«, begann dieser, indem er sich aus seinem Sessel erhob und seinen Besucher mit der herzlichsten Freundlichkeit begrüßte, die er so leicht anzunehmen verstand. »Bitte setzen Sie sich doch hier auf diesen Stuhl beim Feuer, Mr Baker. Es ist eine kalte Nacht heute, und es scheint mir, der Sommer ist Ihnen zuträglicher als der Winter. Ha, Watson, Sie sind gerade zur rechten Zeit gekommen. Ist dies Ihr Hut, Mr Baker?«

»Jawohl. Das ist unzweifelhaft mein Hut.«

Baker war ein großer, breitschultriger Mann mit einem massigen Kopf und einem offenen, gescheiten Gesicht, das in einen spitzen, mit etwas Grau gemischten Bart endete. Ein rötlicher Schein auf Nase und Wangen zusammen mit einem leichten Zittern seiner ausgestreckten Hand gemahnte an die Vermutung, die Holmes bezüglich seiner Gewohnheiten geäußert hatte. Sein fettiger schwarzer Mantel war bis oben zugeknöpft, der Kragen hochgeschlagen, und seine langen Handgelenke lugten weit aus den Ärmeln hervor, ohne dass eine Spur einer Manschette oder eines Hemdes zu bemerken gewesen wäre. Er sprach langsam und abgehackt, wobei er seine Worte sorgfältig wählte, und machte in allem den Eindruck eines gebildeten, durch die Ungunst des Schicksals heruntergekommenen Mannes.

»Wir haben diese Sachen ein paar Tage lang behalten«, erklärte Holmes, »weil wir dachten, wir würden durch eine Anzeige von Ihrer Seite Ihre Adresse erfahren. Ich verstehe nicht, warum Sie keine Anzeige aufgaben.«

Unser Besuch ließ ein ziemlich verlegen klingendes Lachen hören. »Mit meinen Finanzen ist es in letzter Zeit nicht mehr so gut bestellt wie sonst«, entgegnete er. »Ich war fest überzeugt, dass die Strolche Hut und Gans mit fortgenommen haben, und wollte für einen hoffnungslosen Versuch ihrer Wiederbeschaffung nicht noch mehr Geld ausgeben.«

»Verständlich. Apropos, was die Gans betrifft, so haben wir sie aufessen müssen.«

»Aufgegessen?« Dabei stand er vor Erregung halb vom Stuhl auf.

12

Ja, wissen Sie, wenn wir es nicht getan hätten, so hätte niemand etwas davon gehabt. Aber ich denke, die andere Gans, die dort auf dem Nebentisch liegt und die nahezu ebenso schwer und vollkommen frisch ist, wird Ihnen denselben Dienst tun.«

»Oh freilich, freilich!«, erwiderte Mr Baker mit einem Seufzer der Erleichterung.

»Natürlich haben wir noch Federn, Beine, Kopf und so fort von Ihrer eigenen Gans, und wenn Sie wünschen –«

Der Mann brach in ein herzliches Lachen aus. »Die könnte ich allenfalls als Reliquien meines Abenteuers aufheben«, meinte er, »aber sonst wüsste ich nicht, was ich mit den Überbleibseln meiner alten Bekannten anfangen sollte. Nein, mit Ihrer Erlaubnis gedenke ich meine Aufmerksamkeit ausschließlich dem vortrefflichen Exemplar zuzuwenden, das ich hier auf dem Nebentisch liegen sehe.«

Holmes warf mir einen scharfen Blick zu und zuckte dabei kaum merklich mit den Schultern. »Nun, hier ist also Ihr Hut und hier die Gans«, sagte er. »Übrigens, möchten Sie mir vielleicht verraten, woher Sie die andere Gans hatten? Ich bin nämlich ein wenig Geflügelnarr und ein schöneres Tier ist mir selten untergekommen.«

»Sehr gerne«, erwiderte Baker, der unterdessen aufgestanden war

und seinen neu errungenen Besitz unter den Arm genommen hatte. »Ich bin mit ein paar meiner Bekannten Stammgast im Alpha Inn, beim Museum. Tagsüber halten wir uns im Museum auf, müssen Sie wissen. Dieses Jahr nun hat es unser wackerer Wirt, Windigate mit Namen, so eingerichtet, dass jeder von uns gegen eine wöchentliche Zahlung zu Weihnachten eine Gans erhalten sollte. Ich entrichtete meinen Beitrag pünktlich, und das Übrige wissen Sie ja. Ich bin Ihnen sehr zu Dank verpflichtet, denn eine karierte Mütze passt für mein Alter ebenso wenig wie für mein gesetztes Wesen.« Mit komischer Grandezza stülpte er seinen zerknüllten Hut auf und ging dann seines Weges.

»Das wäre also Mr Henry Baker«, sagte Holmes, als er die Tür hinter ihm geschlossen hatte. »Es ist ganz sicher, dass er nicht das Geringste von der Geschichte ahnt. Sind Sie hungrig, Watson?«

»Nicht besonders.«

»Dann schlage ich Ihnen vor, wir nehmen unsere Mahlzeit erst später ein und verfolgen diese Spur, solange sie noch frisch ist.«

»Einverstanden.«

13

Es war eine bitterkalte Nacht, und wir hüllten uns deshalb in unsere Ulster und banden uns einen Schal um den Hals. Draußen blinkten die Sterne frostig am wolkenlosen Himmel, und die Vorübergehenden bliesen den Atem in dichten Dampfwolken vor sich. Scharf und laut klangen unsere Schritte, während wir unserem Ziel zustrebten. Nach einer Viertelstunde hatten wir das Alpha Inn, eine kleine Wirtschaft in einem Eckhaus in Bloomsbury, erreicht. Wir begaben uns ins Herrenstübchen, wo Holmes bei dem rotbackigen Wirt mit weißer Schürze zwei Gläser Bier bestellte.

»Wenn Ihr Bier so gut ist wie Ihre Gänse, dann muss es ausgezeichnet sein«, sagte er.

»Meine Gänse?« Der Mann schien überrascht.

»Ja. Wissen Sie, es ist noch keine halbe Stunde her, dass ich mit Mr Henry Baker gesprochen habe, der zu Ihrem Gänseklub gehört.«

»Ach ja, jetzt verstehe ich. Aber sehen Sie, die Gänse waren nicht von mir.«

»Wirklich? Von wem denn?«

»Nun, ich habe die zwei Dutzend von einem Händler in Covent Garden bezogen.«

»So? Ich kenne ein paar von ihnen; welcher war es?«

»Breckinridge heißt er.«

»Ah, den kenne ich nicht. Nun, auf Ihr Wohl, Wirt, und auf das Gedeihen Ihres Hauses! Gute Nacht!«

»Und jetzt zu Mr Breckinridge«, fuhr er fort, indem er beim Hinaustreten in die kalte Luft seinen Mantel zuknöpfte.

»Vergessen Sie nicht, Watson, dass unser Faden uns von einer höchst harmlosen Gans aus zu einem Mann führt, dem sieben Jahre Zwangsarbeit sicher sind, wenn wir nicht seine Unschuld nachweisen können. Möglich, dass unsere Nachforschung lediglich seine Schuld zu bestätigen vermag, aber in jedem Fall sind wir im Besitz einer Spur, die der Polizei entgangen ist und die uns ein eigentümlicher Zufall in die Hand gespielt hat. Wir wollen den Faden verfolgen bis zum bitteren Ende. Auf gen Süden also und marsch, marsch!«

14

Wir durchquerten Holborn, liefen die Endell Street hinunter im Zickzack durch schäbige Gassen zum Covent Garden Market. Einer der größten Stände trug den Namen ›Breckinridge‹, und der Eigentümer, ein vierschrötig aussehender Mann mit markanten Zügen und wohlgepflegtem Backenbart, war gerade dabei, mithilfe eines jungen Burschen die Läden zu schließen.

»Guten Abend. Eine kalte Nacht heute!«, sagte Holmes.

Der Händler nickte und warf einen fragenden Blick auf meinen Begleiter.

»Alle Ihre Gänse ausverkauft, soviel ich sehe«, fuhr Holmes fort, indem er auf die leeren Marmorplatten deutete.

»Können morgen welche haben.«

»Das hilft mir nichts.«

»Nun, dort gibt's ja noch welche, in dem Laden mit der Gaslaterne.«

»Ganz recht, aber Sie wurden mir empfohlen.«

»Von wem?«

»Vom Wirt des Alpha Inn.«

»Ah ja, dem habe ich ein paar Dutzend geschickt.«

»Es waren sehr schöne Tiere. Wo hatten Sie die denn her?«

Zu meiner Überraschung rief diese Frage bei dem Händler einen Zornesausbruch hervor. »Nun, Sir«, sagte er, indem er den Kopf zurückwarf und die Arme in die Seite stemmte, »worauf wollen Sie eigentlich hinaus? Heraus mit der Sprache.«
»Das ist doch deutlich genug. Ich möchte gerne wissen, wer Ihnen die Gänse verkauft hat, die Sie an das Alpha Inn geliefert haben.«
»Nun, und ich sage es Ihnen nicht. Jetzt wissen Sie's!«
»Oh, es ist nicht so wichtig, aber ich begreife nicht, warum Sie über eine solche Bagatelle so hitzig werden.«
»Hitzig? Sie würden wohl auch hitzig werden, wenn man Sie so belästigen würde. Wenn ich gutes Geld für gute Ware gezahlt habe, so sollte das Geschäft erledigt sein; aber nein, da geht's los: ›Wo sind die Gänse her?‹, ›An wen haben Sie die Gänse verkauft?‹ und ›Was wollen Sie für die Gänse?‹. Man könnte glauben, es gäbe sonst keine Gänse auf der Welt, wenn man hört, welches Bohei darum gemacht wird.«

15

Nun, wenn sich noch andere Leute nach den Gänsen erkundigt haben, so habe ich mit denen nichts zu tun«, versetzte Holmes leichthin. »Wenn Sie's uns nicht sagen wollen, so wird's eben einfach nichts mit der Wette; aber wenn sich's um Geflügel handelt, bin ich jederzeit bereit, für das, was ich behaupte, etwas zu setzen; so habe ich fünf Schilling gewettet, dass die Gans, die ich an Weihnachten verzehrt habe, vom Land stammte.«

»Nun, dann haben Sie Ihre fünf Schilling verloren, denn es war Stadtware«, fuhr der Händler dazwischen.

»Ach, niemals.«

»Ich sag's aber, es ist so.«

»Und ich glaub's nicht.«

»Wollen Sie mehr vom Geflügel verstehen als ich, der ich immer damit zu tun gehabt habe, seit ich krabbeln kann? Ich sage Ihnen, alle diese Gänse, die zum Alpha geliefert wurden, waren Stadtware.«

»Ich glaube es in meinem Leben nicht.«

»Wollen wir wetten?«

»Ich nehme Ihnen lediglich Ihr Geld ab, denn ich weiß, dass ich recht habe. Aber ich setze einen Sovereign dran, nur um Ihnen zu zeigen, dass ich nicht eigensinnig bin.«

Der Händler lachte grimmig. »Bring mir die Bücher, Bill!«, rief er. Der kleine Junge brachte ein dünnes Buch und ein großes mit fettigem Rücken herbei und legte beide aufgeschlagen unter die Hängelampe.

»Nun also, Sie eigensinniger Kauz«, sagte der Händler, »ich meinte, ich habe heut nichts mehr mit Gänsen zu tun, aber Sie sollen gleich sehen, dass doch noch eine hier im Laden ist. Sie sehen das kleine Buch?«

»Nun?«

»Das enthält die Liste der Leute, von denen ich kaufe. Sehen Sie? Nun, also auf dieser Seite stehen die Leute vom Land, und die Nummern hinter ihren Namen zeigen an, wo in dem großen Buch ihre Konten stehen. Nun, und dann sehen Sie diese andere Seite in roter Tinte? Das ist die Liste meiner Stadtlieferanten. Jetzt suchen Sie den dritten Namen. Lesen Sie ihn mir einmal vor.«

»›Mrs Oakshott, 117 Brixton Road, 249‹«, las Holmes.

»So ist's. Nun schlagen Sie das im Kontobuch nach.«

16

Holmes schlug die angegebene Seite auf. »Hier haben Sie's wieder: Mrs Oakshott, 117 Brixton Road. Eier- und Geflügellieferantin. Nun also, was ist der letzte Eintrag?«

»›22. Dez., 24 Gänse zu 7 sh und 6 d.‹«

»So ist's. Da haben Sie's. Und drunter?«

»›Verkauft an Mr Windigate vom Alpha Inn zu 12 Schilling.‹«

»Na, was haben Sie jetzt noch zu sagen?«

Holmes sah ganz niedergeschlagen aus, er zog einen Sovereign aus der Tasche, warf ihn auf den Tisch und ging hinaus mit einer Miene, als sei er zu entrüstet, um noch Worte zu finden. In einiger Entfernung blieb er unter einer Laterne stehen und brach in das ihm eigentümliche, herzliche und doch geräuschlose Lachen aus. »Wenn Sie einen Burschen dieses Schlages vor sich haben, dem eine Pink'un aus der Tasche ragt, so können Sie ihn stets mit einer Wette ködern«, sagte er. »Ich behaupte fest, wenn ich hundert Pfund vor den Mann hingelegt hätte, würde er mir nie diese vollständige Auskunft gegeben haben, die ich jetzt von ihm erhielt durch die Aussicht, eine Wette gegen mich zu gewinnen. Nun, Watson, ich glaube, wir nähern uns dem Ende unserer Forschungsreise, und es fragt sich jetzt nur noch, ob wir diese Mrs Oakshott heute Abend noch aufsuchen oder ob wir uns dies für morgen aufsparen wollen. Aus dem, was der grobe Geselle sagte, geht klar hervor, dass auch noch andere Leute außer uns sich mit der Angelegenheit beschäftigt haben, und ich würde –«

Seine Bemerkungen wurden plötzlich durch ein lautes Geschrei unterbrochen, das von dem Laden herkam, den wir soeben verlassen hatten. Wir kehrten um und sahen einen kleinen Burschen mit fahlem Gesicht mitten im hellen Schein der über der Ladentür hängenden Laterne stehen und sich vor dem Händler ducken, während dieser unter der Ladentür grimmig die Fäuste gegen ihn ballte.

»Jetzt habe ich's satt mit euch und euren Gänsen!«, schrie er dabei. »Ich wollte, Ihr wäret alle miteinander beim Teufel. Wenn du noch kommst und mich mit deinem dummen Geschwätz nervst, so hetz ich den Hund auf dich! Mrs Oakshott soll selber kommen, dann will ich ihr schon Rede und Antwort stehen, aber was geht's denn dich an?«

17

»Nun, eine davon gehörte doch mir«, wimmerte der kleine Mann.

»Dann frage doch Mrs Oakshott danach!«

»Die hat mich ja an Sie verwiesen.«

»Nun, so frag, wen du willst, ich schere mich nicht drum. Ich hab es satt! Hinaus da!« Er machte eine drohende Bewegung vorwärts und der Frager verschwand in der Finsternis.

»Ha! Das erspart uns möglicherweise den Besuch in der Brixton Road«, flüsterte Holmes, »kommen Sie mit mir, wir wollen sehen, was mit dem Burschen anzufangen ist.«

Rasch hatte sich mein Begleiter zwischen den Gruppen, die vor den beleuchteten Ladenfenstern standen, hindurchgeschlängelt, den kleinen Mann eingeholt und klopfte ihm nun auf die Schulter. Blitzschnell fuhr derselbe herum, und im Schein der Laterne sah ich, dass jede Spur von Farbe aus seinem Gesicht gewichen war.

»Nun, wer sind Sie? Was wollen Sie?«, fragte er mit unsicherer Stimme.

»Entschuldigen Sie«, erwiderte Holmes freundlich, »aber ich konnte nicht umhin, bei Ihrem Gespräch mit dem Händler soeben zuzuhören; ich glaube, ich könnte Ihnen behilflich sein.«

»Sie? Wer sind Sie? Wie können Sie etwas über die Sache wissen?«

»Mein Name ist Sherlock Holmes. Es gehört zu meinem Geschäft, Dinge zu wissen, die andere Leute nicht wissen.«

»Aber davon können Sie doch nichts wissen.«

»Entschuldigen Sie, ich weiß alles. Sie möchten gerne ein paar Gänse ausfindig machen, die von Mrs Oakshott in der Brixton Road an einen Händler namens Breckinridge, von ihm wiederum an den Wirt Windigate vom Alpha und von diesem an seine Stammgäste, zu denen ein Mr Henry Baker gehört, verkauft worden sind.«

»Oh, Sir, Sie kommen mir wie gerufen«, sagte der kleine Bursche mit ausgestreckten Händen und zitternden Fingern. »Sie glauben gar nicht, wie viel mir an der Sache liegt.«

Holmes rief eine vorüberfahrende Droschke heran.

»In diesem Fall wird es besser sein, wir sprechen darüber in einem gemütlichen Zimmer als auf diesem windigen Marktplatz«, meinte er. »Aber bitte verraten Sie mir zuvor, mit wem ich das Vergnügen habe.«

18

Der Bursche zögerte einen Augenblick. »Ich heiße John Robertson«, antwortete er dann, indem er dabei zur Seite blickte.

»Nein, nein, den richtigen Namen«, sagte Holmes freundlich. »Mit zweierlei Namen macht man nie gute Geschäfte.«

Eine plötzliche Röte übergoss die weißen Wangen des Burschen.

»Nun denn«, sagte er, »mein richtiger Name ist James Ryder.«

»So ist es: erster Hausdiener im Hotel Cosmopolitan. Bitte steigen Sie nur ein, und ich werde Ihnen jede Auskunft geben können, die Sie wünschen.«

Der kleine Mann blieb stehen und schaute uns abwechselnd mit halb ängstlichem, halb hoffnungsvollem Blick an, als wisse er nicht recht, ob er einem unerwarteten Glücksfall oder einer Katastrophe entgegengehe. Dann stieg er in den Wagen ein, und knapp zehn Minuten später befanden wir uns in der Wohnung meines Freundes. Kein Wort war während der Fahrt gewechselt worden, nur die scharfen, kurzen Atemzüge unseres Begleiters und ein nervöses Auf- und Zuklappen seiner Hände verrieten seine Nervosität.

»Da wären wir«, sagte Holmes heiter, während wir in das Zimmer traten. »Das Feuer mutet einen recht angenehm an bei diesem Wetter. Sie sehen erfroren aus, Mr Ryder; bitte setzen Sie sich in den Sessel. Ich will nur meine Pantoffeln anziehen, ehe wir uns dieser kleinen Sache widmen; nun also, Sie möchten gerne wissen, was aus den Gänsen geworden ist?«

»Jawohl, Sir.«

»Oder besser gesagt aus der Gans, es war doch wohl eine Gans, an der Ihnen gelegen war – weiß, mit schwarzem Streifen auf dem Schwanz.«

Ryder zitterte vor Erregung. »Oh, Sir«, rief er, »können Sie mir sagen, wo die hinkam?«

»Sie kam hierher.«

»Hierher?«

»Jawohl. Und sie entpuppte sich als ein höchst merkwürdiger Vogel. Es wundert mich gar nicht, dass Sie Interesse für denselben zeigen. Er hat nach seinem Tod ein blaues Ei gelegt, das niedlichste, prächtigste kleine Ei, das je zu sehen war. Ich habe es hier in meiner Sammlung.«

19

Unser Gast richtete sich unsicher auf und klammerte sich mit der rechten Hand an den Kaminsims. Holmes schloss seine Kassette auf und hielt den blauen Karfunkel empor, der wie ein Stern in kaltem, glänzendem, blitzendem Licht erstrahlte. Ryder stand mit langem Gesicht da, unschlüssig, ob er den Stein als sein Eigentum ansprechen oder verleugnen sollte.

»Das Spiel ist aus, Ryder«, sagte Holmes ruhig. »Jetzt wird nicht lang gefackelt, Mann – oder Sie kommen in des Teufels Küche. Helfen Sie ihm wieder in seinen Stuhl, Watson, er hat nicht genug Schneid, um so ein Ding durchzuziehen. Geben Sie ihm einen Schluck Brandy. So! Nun sieht er ein wenig menschlicher aus. Wahrhaftig, ein rechter Held!«

Einen Augenblick hatte Ryder gewankt und wäre fast gefallen, aber der Brandy brachte wieder eine Spur von Farbe in seine Wangen, und angstvoll heftete er nun von seinem Stuhl aus den Blick auf seinen Ankläger.

»Ich habe so ziemlich alle Trümpfe in der Hand und bin im Besitz aller Beweise, die ich brauchen könnte; so können Sie mir eigentlich nur wenig sagen. Und auch dieses wenige lässt sich auf anderem Wege herausfinden, um den Fall vollständig aufzuklären. Sie haben

doch von diesem blauen Stein von Gräfin Morcar gehört, Ryder?«

»Ja, Katharine Cusack erzählte mir davon«, erwiderte er mit heiserer Stimme.

»Ach freilich, das Dienstmädchen der Dame. Nun, die Versuchung, plötzlich so leicht zu Reichtum zu gelangen, war zu groß für Sie, wie das schon oft für bessere Leute als Sie der Fall war; aber in der Wahl der Mittel waren Sie nicht sehr gewissenhaft. Ich meine, Ryder, das war ein rechter Schurkenstreich von Ihnen. Sie wussten, dass dieser Klempner Horner früher schon einmal in einen ähnlichen Fall verwickelt war und dass er deshalb umso leichter in Verdacht geraten würde. Was taten Sie also? Sie richteten es mit Ihrer Verbündeten Cusack so ein, dass im Zimmer der Gräfin eine kleine Reparatur zu erledigen war und dass Horner zu diesem Zweck geholt wurde. Nach seinem Abgang plünderten Sie dann den Schmuckkasten, schlugen Alarm und ließen den Unglücklichen festnehmen. Darauf –«

20

Hier warf sich Ryder plötzlich zu Boden und umfasste die Knie meines Freundes. »Um Gottes willen, haben Sie Erbarmen«, rief er, »denken Sie an meinen Vater, an meine Mutter! Es würde ihnen das Herz brechen! Ich habe noch nie etwas Schlechtes getan und will es auch nie wieder tun, ich schwöre es. Ich beschwöre es bei allem, was heilig ist. Oh, bringen Sie mich nur nicht vor Gericht, um Gottes willen nicht!«

»Setzen Sie sich wieder in Ihren Stuhl!«, erwiderte Holmes streng. »Es ist keine Kunst, sich jetzt zu winden und zu krümmen, aber den armen ahnungslosen Horner auf die Anklagebank zu bringen, das bereitete Ihnen wenig Kopfzerbrechen.«

»Ich will fliehen, Mr Holmes, ich will außer Landes gehen, dann wird man die Untersuchung gegen ihn einstellen.«

»Hm. Darüber reden wir noch. Und jetzt erzählen Sie uns wahrheitsgemäß, wie es weiterging.

Wie kam der Stein in die Gans, und wie kam die Gans auf den Markt? Sagen Sie uns die Wahrheit. Darin liegt für Sie die einzige Hoffnung auf Rettung!«

Ryder fuhr sich mit der Zunge über seine trockenen Lippen. »Ich will Ihnen genau erzählen, wie es vonstattengegangen ist«, begann er dann. »Als Horner festgenommen worden war, dachte ich, es würde das Beste für mich sein, mich mit dem Stein ohne Verzug aus dem Staub zu machen, da ich nicht wusste, wann es der Polizei einfallen würde, mich und mein Zimmer zu durchsuchen. Im Hotel gab es kein sicheres Versteck dafür. Ich ging deshalb aus, als hätte ich etwas zu besorgen, und suchte meine Schwester auf. Sie ist mit einem Mann namens Oakshott verheiratet und wohnt in der Brixton Road, wo sie Geflügel zum Verkauf mästet. Auf dem ganzen Weg hielt ich jeden, der mir begegnete, für einen Polizisten oder einen Detektiv, sodass trotz der kalten Nacht der Schweiß an mir herunterlief, noch ehe ich in der Brixton Raod war. Meine Schwester fragte mich, was es denn gebe und warum ich so blass sei, aber ich machte ihr weis, dass ich mich wegen eines Diebstahls im Hotel aufgeregt hätte. Dann ging ich in den Hinterhof und dachte bei einer Pfeife darüber nach, was jetzt wohl am besten zu tun sei.

21

Ich hatte früher einen Freund namens Maudsley, der auf Abwege geriet und gerade jetzt seine Zeit in Pentonville abgesessen hat. Dieser hatte mir eines Tages einmal von den Tricks der Diebe erzählt und wie sie die gestohlenen Sachen loswerden konnten. Ich wusste, dass er mich nicht verraten würde, denn ich wusste auch ein oder zwei Sachen von ihm; so kam ich zu dem Entschluss, ihn ohne Weiteres in Kilburn aufzusuchen und ins Vertrauen zu ziehen. Er würde mir sicher Mittel und Wege zeigen, wie ich den Stein zu Geld machen könnte. Aber wie sollte ich unbehelligt zu ihm gelangen? Ich dachte an die Ängste, die ich auf dem Herweg ausgestanden hatte. Jeden Augenblick konnte man mich fassen und durchsuchen, und dann fand man den Stein in meiner Westentasche. Ich hatte unterdessen an der Wand gelehnt und den Gänsen zugeschaut, die mir vor den Füßen herumwatschelten; auf einmal fuhr mir ein Gedanke durch den Kopf, wie ich den schlauesten Detektiv auf der ganzen Welt hinters Licht führen könnte.

Meine Schwester hatte mir ein paar Wochen vorher das Prachtstück unter ihren Gänsen für Weihnachten versprochen, und ich wusste, dass ich jederzeit auf ihr Wort bauen konnte. Diese Gans wollte ich jetzt mitnehmen und in ihrem Kropf meinen Stein nach Kilburn tragen. In dem Hof steht ein kleiner Schuppen, und hinter diesen trieb ich eine von den Gänsen, eine schöne, große weiße mit gestreiftem Schwanz. Ich fing sie ein, sperrte ihr den Schnabel auf und stopfte ihr den Stein in den Hals hinein, so weit mein Finger reichte. Sie schluckte, und ich fühlte, wie der Stein durch den Schlund in ihren Kropf hinabglitt. Aber sie flatterte und strampelte dermaßen dabei, dass meine Schwester herauskam und fragte, was los sei.

Als ich ihr gerade antworten wollte, riss sich das Vieh los und flog mitten unter die anderen. ›Was in aller Welt hast du nur mit der Gans gemacht, James?‹, fragte sie. ›Nun‹, sagte ich, ›du hast mir ja eine für Weihnachten versprochen, da wollte ich nur mal fühlen, welche am fettesten ist.‹

22

Oh‹, sagte sie, ›die für dich haben wir schon vor ein paar Tagen auf die Seite getan, wir nennen sie nur James' Braten, es ist die große Weiße dort drüben. Sechsundzwanzig Stück sind's, macht eine für dich, eine für uns und zwei Dutzend für den Markt.‹ ›Schönen Dank, Maggie‹, sage ich, ›aber wenn dir's egal ist, so möchte ich lieber die haben, die ich eben in den Händen hatte.‹ ›Die andere ist gut drei Pfund schwerer‹, sagte sie, ›wir haben sie für dich besonders gemästet.‹ ›Egal, ich will lieber die andere und will sie jetzt gleich mitnehmen‹, sagte ich daraufhin. ›Oh, ganz wie du willst‹, sagte sie wieder, ein bisschen verdutzt, ›welche willst du denn?‹ ›Die Weiße dort mit dem gestreiften Schwanz, gerade mittendrin.‹ ›Oh, ganz recht, dreh ihr den Hals um und nimm sie mit.‹ Nun, so machte ich's auch, Mr Holmes, und nahm die Gans mit nach Kilburn. Ich erzählte meinem Kameraden geradewegs, wie ich es angestellt hatte, und er wollte vor Lachen darüber fast ersticken. Wir nahmen dann ein Messer und schnitten die Gans auf. Mir wollte das Herz stehen bleiben, von dem Stein fehlte jede Spur, und ich wusste jetzt, dass ein schrecklicher Fehler passiert war. Ich ließ die Gans im Stich, rannte zurück zu meiner Schwester und in den Geflügelhof; doch da war kein einziger Vogel mehr zu sehen.

›Wo sind sie denn alle hin, Maggie?‹, rufe ich ihr entgegen. ›Zum Händler sind sie gekommen, James.‹ ›Zu welchem?‹ ›Breckinridge in Convent Garden.‹ ›Aber war denn da noch eine mit gestreiftem Schwanz?‹, fragte ich. ›So wie die, die ich mir aussuchte?‹ ›Freilich, James, da waren zwei mit gestreiftem Schwanz, und ich konnte sie nie auseinanderhalten.‹ Nun, da war mir dann die ganze Sache klar, und ich ging, so schnell mich meine Füße tragen wollten, zu diesem Breckinridge. Aber er hatte die ganze Partie gleich weiterverkauft und wollte mir um keinen Preis verraten, an wen. Sie haben ihn ja heute Abend selbst gehört. So hat er mich von Anfang an abgetan. Meine Schwester meint, ich werde noch verrückt; und manchmal kommt es mir selber so vor. Und jetzt – jetzt bin ich als Dieb gebrandmarkt, ohne jemals etwas von dem Reichtum gehabt zu haben, für den ich meinen ehrlichen Namen verkauft habe. Gott steh mir bei! Gott steh mir bei!« Er begrub sein Gesicht in den Händen und brach in ein krampfhaftes Schluchzen aus.

23

Ein langes Schweigen folgte; nichts unterbrach die Stille als die schweren Atemzüge des Unglücklichen und das taktmäßige Trommeln der Fingerspitzen meines Freundes auf dem Tischrand. Endlich erhob sich der Letztere und machte die Tür auf.

»Gehen Sie fort«, sagte er.

»Was!? Oh, Gott vergelte es Ihnen!«

»Kein Wort mehr. Raus!«

Und es bedurfte auch keiner weiteren Worte. Ein Rascheln, ein Poltern über die Treppe; man hörte die Tür gehen, und dann verklangen seine eiligen Schritte vor dem Haus.

»Schließlich, Watson«, meinte Holmes, indem er nach seiner Pfeife griff, »bin ich ja nicht bei der Polizei angestellt, um ihr überall nachzuhelfen, wo sie nicht allein fertigwird. Stünde die Sache für Horner bedenklich, so wäre es etwas anderes, aber dieser Bursche wird ja nicht gegen ihn aussagen, und so muss der Fall eingestellt werden. Vielleicht begehe ich damit ein Unrecht, aber es ist auch genauso gut möglich, dass ich dadurch eine Seele vorm Verderben rette. Dieser Bursche wird nichts mehr ausfressen. Er ist zu sehr verängstigt. Ihn jetzt ins Gefängnis bringen hieße ihn für sein ganzes Leben dem

Zuchthaus überliefern. Überdies ist jetzt die Zeit der Vergebung. Der Zufall hat uns einen rätselhaften, merkwürdigen Fall in die Hände gespielt, und in seiner befriedigenden Lösung müssen wir unseren Lohn finden. Wollen Sie so gut sein zu klingeln, dann wollen wir uns einer Untersuchung anderer Art zuwenden.«

24

»Die kleinen Dinge
sind unendlich wichtig.«

Arthur Conan Doyle

Zitat

Die Magie der Sherlock-Holmes-Romane liegt diesem Zitat zugrunde, und es erinnert uns daran, den Blick auf die kleinen Dinge des Lebens zu richten und sie als Geschenk anzunehmen: den glitzernden Morgentau auf dem Gras, das freundliche Lächeln eines Fremden, die gemeinsame Adventszeit im Kreis der Familie und Freunde. Es sind oft die kleinen Dinge, die uns das größte Glück bescheren.

Frohe Weihnachten!

Barbara Behr Edition

FSC
www.fsc.org
MIX
Papier | Fördert gute Waldnutzung
FSC® C008047

5 4 3 2 1   28 27 26 25 24

ISBN 978-3-649-64772-0

Text: Arthur Conan Doyle
Illustrationen: Barbara Behr
Gestaltung: Helene Hillebrand
Redaktion: Valerie Flakowski

www.coppenrath.de